AF609198

COUDRIN– l'enfant noir

Le code de la propriété intellectuelle n'autorisant aux termes des paragraphes 2 et 3 de l'article L.122-5, d'une part, que les copies ou reproductions strictement réservées à l'usage privé du copiste et non destinées à une utilisation collective et, d'autre part, sous réserve du nom de l'auteur et de la source, que les analyses et les courtes citations justifiées par le caractère critique, polémique, pédagogique, scientifique ou d'information, toute représentation ou reproduction intégrale ou partielle, faite sans le consentement de l'auteur ou de ses ayants droit ou ayants cause, est illicite (article L.122-4). Cette représentation ou reproduction, par quelque procédé que ce soit, constituerait donc une contrefaçon sanctionnée par les articles L.335-2 et suivants du Code de la propriété intellectuelle.

ENFANT NOIR

FORMATION DE 4 ÉQUIPES SUPPLÉMENTAIRES

MISE EN GARDE
les livres de la collectiON
ENFANT NOIR peuve contenir
des scène de violence physiques
moral et séxuelles nous rappellon
au lecteur et lectrice que
cette collection et destiné
a 1 public majeur et responsable
la marque ENFANT NOIR et pas
tenu responsable de vaux
achat et ne peut en
aucun cas être poursuivie

CHAPITRE 1 CLONAGE DE P' TIT DIABLE NUMÉRO 2 ET SUPPRESSION DE LA MALADIE DE L AVEYRON

ARRETTE les garçons je sais ceux que vous ressentez voilà pourquoi je vous demande d'avoires des relation séxuélle avec tous les autres et dont voila pourquoi l'équipe des 6 DIABLOTIN et l'équipe ANGEVIN vient t d'arriver je sais que c'est dur mais 1 moment ou 1 autres ils faut passée pas des choix complètement différent on va essayer 28 traitement de choc le dernier a reconstitué la partie de son cerveaux marquant et nous a permis d'isoler les parasite responsable de sa maladie génétique imaginé qu'il soit 1 peu plus autonome certe les couches i l risque de ne plus les porter toutes la journée mais 1 moment on ne sera plus tout le temps derrière eux à les vidanger.

(8 heures plus tard)

ALOR l'opération c'est super bien passée pas contre je pense que mes amours eux. ILS sont a font avec les p'tit diables et l'équipes les 6 diablotins mais vraiment a fond sur les 2 boites de préservatif ils en reste plus que 1.ILs vont en salles aseptique mais on na fait 4 essais MUDOUME et SÉBASTIEN LE RET font pété 1 câbles mais o moin ils ne pourront plus faires des partie de jambes en l'air à 4 et 1 qui regard je pense que p'tit diables numéro 1 et 3 font être satisfait ils sauront 4 fréres en plus et oui on a super bien travaillé pas contre je connais mes hommes 1 fois qu'ils seront sortie ils font avoires des rapport séxuélles douloureu x et comme 2 font dans l'équipe FORMULE 1 a fin de les aidés pas contre seuils les 2 premier sortie du bloc font dans l'équipe principal et o moin ils auras 2 porteurs pour les borne d'arcades et les raspberry pie a remplacé e et puis ça fera du bien à l'équipe FORMULE 1 d'avoires 2 beau p'tit diables super beau et avec des longue BITES.

CHAPITRE 2 repos forcé

CHUT laisse les dormir de toute
façon vous avez pas le droit encore
avoir des relations sexuelles avec eux.
AY AY. ALLEE venez insupportable pires
que tes gosses je vous ai dit après demain
et oui et oui vous pouvez utiliser des
préservatif mais je vous prévien ils y'en a
que 2 qui font dans votre équipe les 2
autres font dans l'équipe PALAUD
pour la 1 semaines de reprise oui vous
s'étre autorizé a avoires des rapport séxuélles
non protégé ils ont le pouvoir de ce téléporté
pas conte mollo la 1 semaines pas de partie
de jambe trop l'air ils faut éviter de trop les
fatigués OUI OUI par contre on les emmène
a pontivy (56) chapitre 3 sortie des chambres stérile
OU LA les p'tit diable numéro 2.3 et numéro
2.4 allée discrétion l'habillages et oui vous
resté pas cul-nu toute la journée et oui vous
remmert des couches changeables pas
contre interdiction d'aller à la plage ordres de
LK désolée les p'tit diables numéro 2.3 et
numéro 2.4.
(9 HEURES plus tard)

Allée au lits les p'tit diables numéro 2.3 et numéro
2.4 oui vous aurez votre repas dans votre lit.
ILS font être en train de dormir quand ont va

monté ils seront en train de dormir. PAS contre
je pense que les 2 autres p'tit diables numéro 3
et numéro 1 ont devrais les prendre pas le cul
et.SUPER IDÉE GHROUM Allée a 4 pattes
mes amours

HAYYYYY HAYYYYYYY

RESPIRES RESPIRES CLAC

CLAC CLAC CLAC CLAC CLAC

CLAC CLAC CLAC CLAC CLAC CLAC

RESPIRE RESPIRE

et oui les p'tit diables on a réfléchis
toutes la journée et on s'est souvenu
que vous avez pas eu votre dose.ALLES
ouvrés la bouches SLUP SLUP Voila
mes chérie pas contre vous resté-cul-nu
et ce soir vous dormez dans notre lit.

CHAPITRE 4 RAPPORT SEXUELLES

ALLES les p'tit diables numéro 1 et numéro 3
et.OUI vous reprenez 1 seconde dose
pas obligation pas contre vous n'avez pas
l'autorisation pour avoires des rapport
séxuélles aver les p'tit diables numéro 2.3
et numéro 2.4 et oui vous s'étre i compris

privée de relation séxuélles désolé les gars

CLAC CLAC CLAC CLAC CLAC

CLAC CLAC CLAC CLAC

CLAC CLAC CLAC

voila les gars o moin vous ne pourrez
pas dire au autres équipes que vous
ne passez pas souvent a la casserols e
oui même quand vous passez à l'église
de grand numéro 4 vous confesser
et oui on vous entend ça s'appelle
l'amour parental

CLAC CLAC CLAC CLAC CLAC

CLAC CLAC CLAC CLAC CLAC

CLAC CLAC CLAC CLAC CLAC.

CHAPITRE 5 ARRIVE DE LK

ALOR les garçons ou la vous s'êtres passée
à la casserols tous les 2 en tous cas vous
s'êtres en super forme

(MAMAN MAMAN)

Allée dans mes bras et oui

je vous connais a force mes
p'tit diables numéro 1 et numéro 3
bon aujourd'hui vous restez avec moi

MAMAN MAMAN chut

Heureusement que je vous ai amené des
sucettes pas contre vous restées cul-nu
et assise sur mes genoux MAMAN MAMAN .

(20 minutes plus tard)

J'aime quand je vous garde
soit vous s'étre super énervé soit
vous dormez sur mes genoux pas moment je
pense que je vais vous donné
sois des suppositoires soit des
vitamines enfin o moin je n'aurais
pas mal a la tête heureusement qu'on
et sur le canapé alor ils ya quoi a la télé
pour cette aprés-c'est toujour les méme
en rediffusion mais bon. A voilà les
p'tit diables numéro 2.3 et numéro 2.4
allés sur mes genoux évincés de vous
assois sur vaux frères sur tous qu'ils
dorme ou la pas contre relevé vous
les couches HOP HOP les 2 au lavages
voila remerté vous debout pas contre je
vous merte 2 oreilles et je m'occupes
des p'tit diables numéro 1 et numéro 3.
Ils sont lourds.

chapitre 6 APRÈS MIDI PLUVIEUSE

OUFFF et oui les p'tit diables je prend
de la fatigue allés asseyez vous à côté de
moi sauf p'tit diables numéro 1
et numéro 3 vous avez des nuits
mouvementé en ce moment bon
ouvrez la bouche de toutes façons si vous
avec des dents cassée je le saurais
d'une manières pas forcément sympathique
allor choisie douleurs ou simplicité
HAAA HAAA Voilà effectivement à
part des carrie et des dents a remplacé
ça va j'ai le produit cons sur pas
SÉBASTIEN LE RET qui permet de
remplacé vaux dent heureusement
que nous ne sommes pas des humains
ça nous aurais goûté chèr coup de
chance qu'on possède le pouvoir de
guérison continuelles pas contre la
prochaines fois prévenez moi
sur tous que je vous gardes que
tous les 4 semaines uniquement
le mercredi toutes la journée.Allée je
vous mets sur tranquillisant et oui
vous faites la sieste sur mes genoux
toutes l'après-midi et de toutes
façons il fait pluvieux et le vent et super froid.

chapitre 7 douches et suppositoires

ALLES MES P'tit diables vous partés tous
a la dourches hormis p'tit diables
numéro 1 et p'tit diable numéro 3
vous resté sur le canapé et oui je
vais m'occuppé des p'tit diables
numéro 2 numéro 2.2 et des numéro 2.3
et de numéro 2.4 allés les garçons
entré dans la dourches tous dans la
même et oui je ne vous laisse pas
seuils de toutes
et oui les médicalement
son très efficace.

(45 minutes plus tard)

Allés tous les 4 discrétion le
canapé pas contre je vous
mets les camisoles et oui
je vous connais trop bien pour
s'avoir que je ne peu vous laissé
sans surveillance hélas allée
bougé pas et oui en plus le
modèle qui s'adapte sur les
canapé et en plus vous resté
cul-nu allés bougé pas. CLIC
CLIC CLIC CLIC vous voilà possé
allés les p'tit diables numéro 1 et p'tit
diables numéro 3 discrétion la dourches
pas contre vous allez vous coller contre

le mur de la dourches. GHROUM bonne anniversaire ma chérie.GHROUM Wouha merci mes amours pas contre je vous laisse ces 4 là je vais m'occuper des malade pas de relation séxuélles aver ces 4 là vous pouvez enlever les camisoles mettre les suppositoires pour cette affaires je vous laisse avec ces 4 la.BONNE nouvelles mes loulous vous allez hurler hayyyy hayyy C'est bon les p'tit diables numéro 1 et p'tit diables numéro 3 resté tranquille et oui les suppositoires pour adultes sont beaucoup plus douloureux mais son trés éfficace MAMAN MAMAN resté sur le collé au mur SEBASTIEN LE RET tu peux venir m'aider. STOP on ta dit de resté, collé au mur MUDOUME OU TU pourrait nous ramener le nouvelles équipement. TOUT DE SUITE ou la MERCIE tu peu retourné surveiller les 4 autres (OUI) C'est quoi ça 1 DRAPS spécial pour p'tit diables malpolis sa va je ne vais pas m'en servir IL et bien usé.Justement c'est pour faire parler les femmes.

CHAPITRE 8 PLAGE DU FOZO

ALLE l'équipe p'tit diables tous à l'eau profitez en.Nous 3 on reste sur le sable

(30 minutes plus tard)

alor comment et l'eau super bonne bon le temp commence a se recouvrir ILS ya les manteaux dans le sac coup de chance qu'ont ai pris les manteaux encore en précaution allés allongez vous sur le sable on remonte dans moin de 80 minutes allée profité tu soleis sa commence a se garé.SA va sa a pas encore pété PLOM PLOM Bon on remonte finalement pas contre tenez vous a carreaux ce soir on diner cher l 'équipe grand numéro 4 GROUHM Et voila l'équipe LE RET toujour en avance pas contre les p'tit diables les fabuleux p'tit diables attention ils sont fort pour les bêtise et les tête à têtes.

CHAPITRE 9 ARRIVÉE DES NOUVEAUX RASPBERRY PIE

ALLEZ les gars venez m'aider s'il vous plaît voice les boitiers vous retiré les ancien raspberry pi 1.2. 3 et 3b+ les nouvelles cartes son dans ce carton je m'occupe d'installer les programme et configuré les nouvelles carte SD OUI mère évité de jouer avec les boitiers ils parte dans moin d'une heure dans la salle d'arcade à quiberon. MÈRE les gendarme son toujour devant la maison.JE sais voila pourquoi je vous demande de resté a l'intérieur que ce matin de la maison e t certe-après-midi vous allée à la plage du fozo interdiction de rentrer en contact aver p'tit diable numéro 1 i compris aver MUDOUME et SÉBASTIEN LE RET je sais que c'est compliqué pour vous mais on n'a pas vraiment le choix

chapitre 10 remplacement à l'auberge

PALAUD GHROUM BONJOUR les 5 p'tit diables alor voila vaux calendrier bonne chance pour les 2 mois de remplacement PAPY PALAUD et MAMIE PALAUD viennent vous aider.

(1h00 plus tard)

ALOR les p'tit diables comment ça se passe. PARFAIT l'auberge et toujour pleins ça fait 4 jours vous savez super bien géré les stock en tous cas je né rien a redir pas contre pour les clients mécontents vous semblé toujour trouvé des solution moin radical que SÉBASTIEN ou BASTIEN PALAUD mais dit moi comment arrivez vous a géré autant de personne très désagréable BREFS je vous laisse je dois aller faire les comptes.

CHAPITRE 11 ARRÊT MALADIE

OUFF je suis bloqué au niveau de mon dos. ATTEND EDOUARD je vais chercher des médicaments. GHROUM ALOR les jumeaux bosseux et oui on sait que vous s'être souvent en arrêt médical allée montre moi ton dos vous ne buvez pas assez d'eau les gars vous s'étre comme l'équipe PALAUD vous ne buvez pas assez d'eau franchement vous abusez là je vous met en arrêt pour 72 h pas contre c'est les 6 p'tit diables qui font vous remplacé pas contre je vous laisse les papiers et les factures et comment avez vous fait pour installer des panneaux solaires.PAS on les a simplement posé sans demander l'autorisation à la mairie ON A pris cette décision.

CHAPITRE 12 LES 6 P TIT DIABLES

MERCIE les 6 p'tit diables voila vaux calendrier pas contre je vous prévien l'auberge des jumeaux bosseux et pleins insect que l'auberge ANGEVIN et aussie pleins a grecque.VOILA pourquoi MUDOUME et avec les 6 diablotin et oui eux aussie sont réquisitionné en tout vous s'êtres 18 personnes mobilité et oui même l'équipe ANGEVIN et mobilité y compris la nuit et la journée dont on ne va pas chômée et oui même les autres équipes sont mobilisé pour gérer les clinique JEANNETTE LE RET et JEANNE LE RET pas contre je vous informe que vous aver tous les 6 environ 15 h a récupère.OUI PÈRE aller au taf SÉBASTIEN LE RET grand numéro 4 ALLOR comme ils sont 15 h et mon équipe TOURISTIQUE ils sont environs 36 h de récupération à prendre pas contre je rejette la proposition de travailler avec 1 ESAT y compris LES ENTREPRISE ADAPTÉE.Pour Qu'elle motif c'est simple on ne prend pas de risque et puis sa nous coute très cher et puis je ne pourrais pas me permettre de mettre au chômage tes menbre de ton équipe et puis merde j'aime me prends la tête avec toi et grand numéro 8.

CHAPITRE 13 L EQUIPE ANGE NOIR

GROUHM Mercie l'équipe ANGE NOIR oui je sais vous étiez en vacance a paris mais la on na pas vraiment eu le choix de vous rappelles JE sais vous aurez aimé resté en vacance plus longtemps pas contre je vous préviens. PÈRE on n'a compris dans qu'elle zone on taf ce soir dans la zone BLEU MERCIE.

(3 HEURE PLUS TARD)

ALLOR l'équipe ANGE NOIR comme ce passe le lavage et le triage du linge en tous cas vous en avez lavé pas mal de couettes et des draps en tous cas je vou s felici c'est parfait vous avez lavez les housse de couettes et les allées SÉBASTIEN LE RET je te prévien si tu ne fais pas 1 effort devenir avec moi visité 1 ESAT ou 1 ENTREPRISE ADAPTE je reprend toutes les équipes et on DACCORD mais je refuse de travaillé en collaboration avec 1 ESAT ou 1 ENTREPRISE ADAPTÉE.

CHAPITRE 14 RETOUR AU TAF

OUF merci les 6 p'tit diables et l'équipe ANGE NOIR heureussemment que vous s'étre en vacance ce soir avec les 6 p'tit diable pas quoi SEBASTIEN LE RET ne vous a rien dit.

(8 heures plus tard)

ALLEE l'équipe ANGE NOIR et les 6 p'tit diables grouhm OUFF les voilà reparti en vacance mais pas a paris ils sont partie en corse ça devrait les changé et les 6 p'tit diables eux ils sont partie rejoindre l'équipe PALAUD enfin les parent de BASTIEN et SÉBASTIEN PALUD font étre content pas contre ils font ce tapé les vidange.

CHAPITRE 15 COMPTE ET FINANCE

GHROUM MAMAN MAMAN Mais que fait tu p'tit diable numéro 1 en tous cas tu et trempé allée ramenez nous d'ou tu t enfuis GHROUM Bon les jumeaux bosseux on se remet ils ya pas mal de taf. OUI mais.PÈRE comment ce fait t'ils que nous avons toujour autant de dossier à traiter malgré que nous payon les charges et les pension des salarié.SA s'appelle les dossier administrative c'est le plus longue en général ça prend entre 10 h et 50 h par semaines c'est l'état français qui impose à tous les chefs d'entreprise ou les mini artisan en tous cas c'est pénible coup de chance que l'équipe PALAUD en on aussie de leurs coté affaires régulièrement eux par contre c'est beaucoup plus que nous en tous cas nous on et des p'tit jeures.

CHAPITRE 20 CE QUI S' EST PASSÉ PENDANT LES 3 ANS DISPARU

QUE c'est t'il passer après l'attentat à la clinique JEANNE LE RET a Brest. ON vous a déclaré porté disparu ils nous ont contraint à la fermeture indéterminé on n'a pas réussi à l'ouverture à rentrer dans nos frais on avait mis le service petit déjeuner directement au lit mais malgrés cela ils nous ont imposé la fermeture total. LK et les p'tit diables vous ont cherchés

partout et on essayé de vous localiser
avec votre wi-fi les p'tit diables sont tombé
dans l'horreux ils sont dévoré à peu près
5000 personnes sur 3 ans et pour les vidanges
ont a galéré on devais les attaché et resté
collé sur eux pour qu'ils ne bouge pas.

CHAPITRE 16 retour des vacance chez papy PALAUD et mamie LE RET

GHROUM ALLOR les 6 p'tit diables
comment s'est passée vaux vacance en
tous cas vous avez pris des couleurs allor prés
Pour demain la reprise c'est en douceur pas contre.

(LENDEMAIN)

MUDOUME OUI tu na pas vu les 6 p'tit diables
NON mais ils sont déjà au taf SANS blague
.REGARD le terminal WOUHA en tout ca ils son
pressé.JE pense qu'ils ont envie de retourner
chez PAPY PALAUD et MAMIE LE RET en
tous cas les vacance ça les change radicalement
ou alor ils sont 1 projet je ne serais pas étonné
qu'ils nous prépare 1 mauvais coup ça ne me
ne surprendra pas en tous cas. MUDOUME arrete
1 peu et d'ailleur tu avais pas ramenez p'tit diable
numéro 1 pas la peaux des fesse.CI il ne voulais pas
prendre 1 dourche sa ma pris 40 minutes j'ai tu le lavé
moi même certe il a u 2 suppositoires pour adultes
et je l'ai mise à l'assiette.

CHAPITRE 17 DÉPART EN VACANCE CHEZ MAMIE PALAUD

PAS ou sont t'ils passées. NE me dit pas que tu cherches les 6 p'tit diables ils sont partie ya moins d'une heure chez. MADELEINE PALAUD pour 2 semaines avec les enfants de numéro 4 celle qui vit avec son mari sur ile de la réunion d'ailleur les p'tit diables ne font pas à la réunion a la fin du mois de décembre. CI sauf les p'tit diables numéro 1.2 et 3 on va les avoir dans les pattes d'ailleurs les 3 ne sont pas en super forme sur tous les p'tit diables numéro 1 et 3.TA raison je les trouve super fatigué et sur les nerf en ce moment et pourtant ils ne travaille pas la nuit pendant ces 4 mois d'affilée. EUX NON pas contre toi et moi on va en avoires des nuits. DE taff.MERDE MUDOUME ta raison je te plaint tu en a 7 et SÉBASTIEN LE RET tu en a 9.

CHAPITRE 18 DÉPRESSION ET CRISE DE COLÈRE

NON PAF PA PAF HAYYYYYYY HAYYYYYYYY HAYYYYYYY allée les 3 p'tit diables numéro 1.2 et 3 discrétion la piscine est ce soir vous dorme avec moi SÉBASTIEN LE RET dort dans la cuisine en cas de problème pas contrée vous être puni jusqu'à vendredi allée cul-nu et dans la piscine et oui les 3 p'tit diables sont à la réunion pour 2 mois et vous s'étre condamné a resté avec nous jusqu'à ce que vous soyez en meilleure santé mental et physiques MAMAN MAMAN MAMAN RESPIRE les 3 p'tit diables numero 1.2 et 3. ATTEND p'tit diable numéro 1 vient ici.GHROUM Les garçons ou la a oui AHHHHHHHH RESPIRE p'tit diable numéro 1 je comprend ces colére noirs maintenant.CI les 3 on sa on va i passée.MUDOUME tu peu le tenir tu et beaucoup plus fort que nous 2.

CHAPITRE 19 LK CHEZ MAMIE PALAUD partie 1

PLOUFF franchement MADELEINE PALAUD comment avez vous fait pour 5 enfants j'ai énormément tu mal avec mes filles et les 6 p'tit diables. VOUS en aver 12 je ne pense pas que j'aurais réussi a aller jusque là en tous cas vous avez peut-être 1 problème d'autorité tu et la seuil femme de l'équipe LE RET et depuis que tu a divorcé de MUDOUME et SEBASTIEN LE RET les 3 p'tit diables les plus vieux te font plus de mauvais coup que les 3 p'tit diables cloowné. JE N'ARRIVE PAS A COMPRENDRE ici ils sont super fatigué limite ils dorme sur mes genoux à SÉNÉ c'est l'inverse ils sont super colérique la moindre attention et ils me rejettent les 6 p'tit diables. L AIR marin j'avais suggéré à MUDOUME et SÉBASTIEN LE RET d'installer 1 cabiné ici mais ils n'ont rien voulu entendre la preuves les 6 p'tit diables leurs font énormément de mauvais coup alor qu' ici ils sont simple et efficace pareil à l'hôtel PALAUD et l'auberge PALAUD ils ya aucun problème je pense que MUDOUME ou SÉBASTIEN LE RET durant leurs enfants on tu passée soit beaucoup de temps en bord de mer dont ils n'ont plus aucune partient a resté en bord de mer. JE pense que c'est leurs souvenir d'enfance qu'ils les éloigne de tous ceux qui est bord de mer. chapitre 25 LK CHEZ MAMIE PALAUD partie 2 AHHHH CHUT CHUT respire p'tit diable numéro 3 PROGRAMME 59 S 66 F 33. IL parle de quoi AUCUNE idée IL est brûlant PROGRAMME 59 S 66 F 33 PROGRAMME 59 S 66 F 33 PROGRAMME 59 S 66 F 33. MUDOUME GHROUM il délire je n'arrive pas a comprend ceux qu'il raconte BEURK SÉBASTIEN LE RET GHROUM.

24 heures plus tard

LES 6 p'tit diables sont malade.LES p'tit filles de la vrais LK je sais que vous utilisez notre fréquence WI-FI venez à nous GROUHM OUI MERDE la fille IL ce passe Quoi? SEBASTIEN LE RET c'est quoi le programme 59 S 66 F 33. CE sont des clowne femelle elle était déjà sur terre elles sont été cloné mais c'était au début a l'époque on ne gardait pas les être humains en vie il mourait soit de maladie ou de suicide. MAIS qui vous a parlé de ce programme.LES 6 p'tit diables ont 1 poussée de température ça fait 24h qu'on a du mal a faires descendre la fièvres ils délire tous les 6 sur ce programme 59 S 66 F 33. LK ne connais pas ce programme. OUI il a été classé à cause du nombre de victime en particulier pass ce que c'était des femmes 1 milliers de femmes.

CHAPITRE 20 CLOWNAGE SUPPLÉMENTAIRE

SÉRIEUX on accepte ce contrat pas contre je te préviens les p'tit diables numéro 1 et 3 ne font pas être content. DE toutes façons on ne leur demande pas leurs avis et ils sont déjà au congélo et entraindre d'être cloné. ET puis merde moi et MUDOUME on souhaite garder nos p'tit diables. au moins 30 de plus. JE VOUS prévien ils seront 6 p'tit diables en plus pas contre plus d'alcools avec l'équipe FUSION et l'équipe SAMOURAÏS.OK par contre j'ai compté ça fait 4 équipe de p'tit diables a gérés sa va on n'a acheté 1 studio à quiberon comme ça ils pourront vivre a 3 dans leurs propres studios pas contre ça nous laisse 3 équipe dans les pattes.

CHAPITRE 21 LES 4 ÉQUIPES P' TIT DIABLES

placé dans les équipes BON les p'tit diables numéro 1.2 et 3 vous parté avec SÉBASTIEN LE RET il va s'occuper de vous installer dans votre studio à quiberon GHROUM. LES autres p'tit diables vous ne bougez pas on va vous répartir dans différent équipe LES p'tit diables numéro 2.2 3.2 4.2 et 4.4 vous allez à gauche suivant les p'tit diable numéro 2.4. 3.3. 1.2 et 4.3 vous allée à droits

suivant les p'tit diables numéro 1.3 2. 1 .4.1 et 3.4 vous resté au millieux Mercie MUDOUME de rien. LK LES p'tit diables vous ne bougé pas d'un fils ou vous aurez des suppositoires pour adultes en punition. jE revien les garçons

(25 minutes plus tard)

ALOR les p'tit diables laissez moi vous présenter GABRIELLA et MARLÈNE elles font étre chef des équipe 2 et 3 equipe 2 LES p'tit diables numéro 2.2 3.2 4.2 .4.4 et GABRIELLA equipe 3 les p'tit diable numéro 2.4. 3.3. 1.2 .4.3 et MARLÈNE équipe 4 p'tit diables numéro 1.3 2. 1 .4.1 3.4 et MUDOUME Mercie de m'avoir laissez vous placé allor équipe 2 vous partie à SÉNÉ équipe 3 vous parté a l'auberge PALAUD équipé 4 vous

retourné à SÉNÉ aussie équipe 1 reste
sur quiberon les les p'tit diable numéro 1.2.3
et SÉBASTIEN LE RET compose l'équipe 1
Merci à tous et à très bientôt.

CHAPITRE 22 PLAGE DU FOZO

GHROUM MERCIE p'tit diables numéro 2.2
attend s'installe les serviettes voila tu peu
les téléporté les autres p'tit diables.GROUHM
numéro 3.2 4.2 4.4 venez vous mettre ici
s'il vous plaît.

(15 minutes plus tard)

GHROUM equipe 2 voilà les sandwiches
et les salade on vous prévient on
NA ordres aussie de s'occuper de
vaux vidanges pour ce soir. Equipe ANGE NOIR.
Sa né pas le bon endroit pour en parlé
et puis vous avez des consultation
demain je voudrais savoir pour quelle motif
je suis en remplacement à quiberon.
SA c'est a MUDOUME qui faudra lui demander
de toutes façons il travaille ce soir aver
vous dont vous pourrez directement
lui demande.MADAME on n'a l'ordres
de ne pas vous tutoyez pas contre.

CHAPITRE 23 VERITE

BONSOIR GABRIELLA et MARLÈNE.Mais qui garde nos équipes. C'est simple j'ai demandé au équipé de grand 4 et à l'équipe SAMOURAÏS et celles DE FUSION de garder vaux équipe Maintenant on vous dois la vérité.L K et SÉBASTIEN LE RET. Vous n'ette pas des chefs d'équipes et les p'tit diables ne sont pas votre personnelles vous s'étre leurs mère MARLÈNE et GABRIELLA vous êtes leurs tantes. P'tit diable numéro 2 a été cloné avec 1 maladie qu'on appelle la MALADIE DE L'AVEYRON il a fait plus de 25 arrêt cardiaques il a été cloné 15 fois voila pourquoi et ce qu'ils sont 4 on leurs a seulement mis des cheveux de couleurs différent. LK pour les p'tit diables numéro 1 et 3 on ne leurs a pas laissé le choix on les a clown afin de les garder avec nous.Votre programme de clonage a été retrouvé lorsque les 6 p'tit diables sont tombé malade à ce moment le p'tit diables numéro 2 avait déjà été cloné ils étaient en pleine crise de démence voilà comment. MA fille et mes arrière-p'tit-filles on trouve le moyen de vous clowne et de vous reformé 1 corps ils rester toujour 1 petit morceaux d'esprit de la victime qui est clown vous s'étre née en 1870 et 1867.

CHAPITRE 24 OUFFFFFFF

ALOR on est tous des clones vous aussie (OUI) POURQUOI ne pas nous l'avouer dit avant ça fait 6 mois qu'on est arrivé. ON a peur de perdre la confiance de nos p'tit diables on avait l'intention de vous envoyés à l'autres bout de la bretagne et de couper tous contactés mais nos responsabilité en tant que parents nous on fait réfléchir. MÈRE TATA Allée dans mes bras mes amour.OU LA comme vous s'être lourd par contre on vous prévient on reste aver vaux parent adoptif ci vous resté sage comme des images hein vaux frères ne sont pas très obéissant mais comme vous s'être les plus vieux a vous de montrer l'exemple en tous cas on vous conte sur vous.

CHAPITRE 25 NOUVEAUX MANOIR

ALLÉE entrée ouvrés LES yeux les 12 p'tit diables.WOUAH voilà ou vous allez vivre et en plus ils ya 10 pièces dont vous avez chacun votre chambres pas contre vous aver l'obligation d'aller au moin 72 h au camping de l'océan à KERHOSTIN voir MADELEINE PALAUD elle et bientôt à la retraite dont vous pourrez aller bientôt l'embêter. PAS contre on na vérifie aver votre mére et votre tante les rapport séxuélles c'est uniquement quand vous s'été chez l'équipe de SÉBASTIEN LE RET et MUDOUME pas dans le manoir et oui les draps sa prend énormément de temps à être détaché dont pas de folie sur ce côté là.

CHAPITRE 26 plage port d'orange saint-pierre-quiberon

ALLEZ les 12 p'tit diables debout vous allez travailler bien entendu on vous laisse vous téléporter sur place alor ils faut 4 p'tit diables chez PAPY et MAMIE LE RET 4 p'tit diables à la clinique JEANNE LE RET et 4 p'tit diables chez MADELEINE PALLAUD et oui pas contre vous finissez très tard ça c'est 1 garantie.GHROUM c'est bien ils sont rapide ils n'ont même pas fait attention heureusement qu'ont leurs changé leurs vêtement ils ne le ferais pas d'eux même en tous cas ils sont en forme.MAIS dit moi GABRIELLA on fait quoi cette après-midi Bonne question on va a la plage pas contre On s'occupe du manoir avant OK.

CHAPITRE 27 TAF

GHROUM Mercie ANUBIS a tous ta l'heure .MESDAME heureusement qu'il a aussie le pouvoir de ce téléporté on aurait mis 3 fois plus de temps sinon et dire que sa hésitais tout simplement pas à notre époque ils faut dit l'évolution a tu bon pas moment sauf concernant l'évolution technologique quant même toujour 1 téléphone et des certicode j'espère que la technologie. STOP je te rappelle que les gens sont trop cons pourquoi ils inventé autant de système de sécurité au niveaux mais c'est vrais que si les gens avais peut-être conscience que les cartes bleu sont dangereux a utiliser sans application de sécurité ça irait forcément mieux.

www.ingramcontent.com/pod-product-compliance
Ingram Content Group UK Ltd.
Pitfield, Milton Keynes, MK11 3LW, UK
UKHW021127260726
13994UKWH00001B/29

9 782494 451193